AF349636

30 Octobre 1889.

CATALOGUE

D'OBJETS D'ART

DE CURIOSITÉ ET D'AMEUBLEMENT

Argenterie ancienne

Bijoux, Montres Louis XVI, Émaux, Miniatures, Éventails

Porcelaines et Faïences anciennes et modernes

Bronzes, Cuivres, Étains, Marbres

Ivoires, Cristaux de roche, Livres anciens, Broderies

Objets divers

MEUBLES ANCIENS ET MODERNES

Meubles en bois sculpté, Meubles Louis XVI

Meubles chinois, Belle Armoire en bois laqué, style Louis XVI

Meuble de salon en palissandre, Meubles en marqueterie et autres

TABLEAUX ANCIENS ET MODERNES

AQUARELLES, DESSINS, GRAVURES

DONT LA VENTE AURA LIEU

HOTEL DROUOT, SALLE Nº 9

Les Mercredi 30 et Jeudi 31 Octobre 1889

A DEUX HEURES

Mᵉ ESCRIBE	M. A. BLOCHE
COMMISᵗᵉ-PRISEUR	EXPERT
Rue de Hanovre, 6	Rue de Châteaudun 25

EXPOSITION PUBLIQUE

Le Mardi 29 Octobre 1889, de 1 heure 1/2 à 5 heures 1/2

PARIS — 1889

CONDITIONS DE LA VENTE

—

Elle sera faite au comptant.

Les Acquéreurs paieront, en sus des adjudications, CINQ CENTIMES PAR FRANC applicables aux frais.

Aucune réclamation ne sera admise une fois l'adjudication prononcée.

DÉSIGNATION

TABLEAUX, AQUARELLES, DESSINS

1 — **Aiquaerts**. Chasse au sanglier. (Cuivre.)

2-3 — **Antony**. Le Guitariste et l'Aquarelliste. (Deux aquarelles.)

4-5 — **Bellion**. Paysages et Animaux. (Deux tableaux.)

6 — **Corot** (Genre de). Paysage avec pêcheur dans un bateau.

7 — **Albert Cuyp** (Genre de). Animaux au pâturage.

8 — **Decamps** (Attribué à). Paysage montagneux.

9 — **Diaz** (Attribué à). Orientale au repos. (Étude à l'huile.)

10 — **École flamande**. Portrait de Femme.

11 — **École française**. Portrait d'un Dessinateur.

12 — **École française**. Scène genre Watteau.

13 — **École française**. Les deux Aveugles.

14 — **École hollandaise**. Portrait d'une petite fille tenant un œillet.

15 — **École italienne**. Salomé portant la tête de saint Jean-Baptiste sur un plat.

16 — **École moderne**. Oranges, Verres de Venise, etc.

17 — **Feyen-Perrin**. Étude de Femme.

18 — **Jean Feuchère** (1843). Le Dante aux enfers. (Dessin rehaussé de blanc et d'aquarelle.)

19 — **Gardanne**. Bataille de Champigny.

20 — **Gardanne**. Manœuvres d'automne.

21 -- **Gengembre**. A l'assaut ! (Dessin.)

22 — **Guillot Donat**. Famille de cerfs sous bois.

23 — **Guillot Donat**. Intérieur de forêt avec figures.

24-25 — **Laemlein**. La Fille de Jaïre et l'Incendie de Sodome. (Deux dessins à la sépia rehaussée.)

26 — **Lansyer**. Forêt de Compiègne.

27 — **Lansyer.** Printemps à Vaux-de-Cernay.

28 — **Lemmens** (E.). Coqs, Poules et Canards dans une étable.

29-32 — **Liogier.** Quatre beaux Panneaux décoratifs de forme ronde, richement encadrés, représentant des figures de femmes avec attributs symbolisant : la Moisson, les Fruits, les Fleurs et la Chasse.

33 — **Maes** (D'après Nicolas). Le Bénédicité.

34 — **Meyer** (Louis). Paysage, vue prise sur les côtes de Normandie.

35 — **Morin** (Georges). Les Sorcières de Macbeth. (Fusain.)

36 — **Murillo** (Attribué à). Saint Antoine de Padoue et l'Enfant Jésus. (Provient de la galerie du roi Louis-Philippe.)

37 — **Netscher** (École de). Portrait de dame sous les traits de Diane.

38 — **Noterman.** Chien et chat courant sus aux rats.

39 — **Palamèdes** (Attribué à). La Chanson.

40 — **Parmentier.** Intérieur flamand.

41 — **Salvator Rosa.** Le Mendiant.

42 — **Jules Rosier.** Marine.

43 — **Gaston Roullet.** Mer orageuse. (Aquarelle.)

44 — **Rousseau** (Philippe). Intérieur de ferme avec coqs et poules.

45 — **Rubens** (Attribué à). Atalante rapportant la peau du sanglier de Calydon.

46 — **Villette** (1881). Hallebardier. (Aquarelle.)

47 — **Van Wik.** Poulailler.

48 — Divers Tableaux et Dessins non catalogués.

49 — Plusieurs Gravures encadrées.

ARGENTERIE, BIJOUX, MONTRES

50 — Paire de Salières en argent repoussé, époque Louis XVI.

51 — Moutardier en argent repoussé, époque Louis XVI.

52 — Petite Cafetière en argent, style Louis XIV.

53 — Dix-huit Couteaux à lames d'argent, manches en ancienne porcelaine blanche de Chantilly pâte tendre.

54 — Bracelet en argent anglais, style Louis XIII.

55 — Collier en argent anglais, même style.

56 — Montre du temps de Louis XVI en or ciselé, ornée d'un émail et de jargons.

57 — Montre du temps de Louis XVI en or émaillé, représentant la Bonne Mère; mouvement de l'Épine, à Paris.

58 — Montre du temps de Louis XVI en or ciselé, mouvement de l'Épine, à Paris.

59 — Montre du temps de Louis XVI en or, décorée d'un émail représentant la jeune Fille à l'oiseau, avec entourage et guirlande en jargons.

60 — Montre en or ciselé du temps de Louis XVI.

61 — Montre ancienne en or émaillé.

62 — Boucle de soulier en argent et strass.

63 — Bracelet et deux Boucles d'oreilles en grenats et argent.

ÉMAUX, MINIATURES, ÉVENTAILS

64 — Deux Peintures sur émail : Henri II et Diane de Poitiers. Cadres en fer repoussé sur fonds de velours.

65 — Miniature ovale sur ivoire : Portrait de la duchesse du Maine.

66 — Miniature ronde : Portrait de la comtesse de Provence.

67 — Miniature sur ivoire : la Vierge à la chaise.

68-69 — Onze Éventails anciens.

70 — Deux Bonbonnières en émail de Saxe.

71 — Salière en émail de Saxe.

72 — Très petite Cassolette en émail.

PORCELAINES, FAIENCES

—

73 — Figurine en Saxe : Nymphe dansant.

74 — Écuelle avec plateau et couvercle en ancienne porcelaine de Sèvres pâte tendre, décor à bouquets de fleurs.

75 — Bonbonnière ronde en porcelaine de Saxe.

76 — Boîte en porcelaine tendre de Mennecy, monture en argent.

77 — Bonbonnière en Saxe, décor à sujets pastoraux, monture en cuivre.

78 — Deux Bonbonnières en Saxe, décor à fleurs, montures en cuivre.

79 — Petit Pot en Saxe, décor à fleurs.

80 — Deux Pommes de canne, l'une en Saxe, l'autre en Chine.

81 — Ménagère en porcelaine d'Allemagne.

82 — Deux Porte-Tulipes en Delft.

83 — Chien en Delft.

84 — Plateau en faïence d'Alcora, décor à figures, paysages et ornements.

85 — Plateau en faïence de Lille, décor à corbeille de fleurs et lambrequins.

86 — Beurrier avec plateau en faïence, modèle feuille de choux.

87 — Tasse et Soucoupe en Saxe, décor à fleurs.

88 — Deux Cache-Pots de Saxe, décor à oiseaux.

89 — Deux Plateaux forme poissons, en Chine.

90 — Deux Appliques : Poire et Pomme, en Delft.

91 — Assiette et Compotier en vieux Chine.

92 — Cinq Plats à barbe en vieux Japon.

93 — Dix Tasses et treize Soucoupes en vieux Chine.

94 — Sept Tasses, neuf Soucoupes et un Sucrier avec couvercle en vieux Chine, décor à cartels de fleurs réservés sur fond marron.

95 — Seize pièces : Tasses, Soucoupes, Cafetière, Pot à thé en vieux Chine, décor grisaille.

96 — Petite Tasse avec couvercle en Saxe.

97 — Cinq Plats en Delft, décors fleurs.

98 — Cinq Pièces porcelaine d'Imari.

99 — Cinq petites Pièces faïence de Nevers.

100 — Plat et Assiettes, faïence de Nevers.

101-102 — Un Buste et deux Figurines en Saxe.

103 — Groupe en porcelaine de Saxe : Le Printemps et
l'Hiver.

104 — Petite Glace à main en Saxe.

105 — Deux Ecuelles, forme fruits en porcelaine, avec
Plateaux et Cuillers.

106 — Etui en porcelaine de Saxe, monture cuivre.

107 — Deux Tableaux composés chacun de dix carreaux
en faïence de Delft, représentant des dames
hollandaises dans leurs jardins.

108 — Pendule en biscuit, représentant Vénus et
l'Amour.

109 — Applique-Porte-lumière en faïence à figures de
Jeanne-d'Arc.

110 — Deux Plats faïence de Delft, décor bleu.

111 — Deux Plats octogones, porcelaine de Chine,
décor bleu.

112 — Plaque en porcelaine de Chine, décor à figures
en émaux de la famille verte, cadre et support
en bois de fer sculpté.

113 — Trois Figurines en grès émaillé de la Chine, sur socle en bois de fer.

114 — Vase surmonté d'une figurine d'amour, poterie de Monte-Carlo.

115 — Plaque ronde en faïence de Rubelles, décor à tête de femme en émaux ombrants.

116 — Jardinière en faïence, genre persan, sur pied en bois noir.

117 — Joli Service à dessert en porcelaine anglaise, décorée.

BRONZES, CUIVRES, ÉTAINS

118 — Deux grandes Plaques d'appliques à deux lumières en cuivre repoussé, style Renaissance.

119 — Veilleuse en bronze chinois.

120 — Deux Bustes bronze : Jean qui rit et Jean qui pleure.

121 — Deux Écuelles et une Salière en étain.

122 — Porte-Manteau en bronze.

123 — Ancien Poêlon en cuivre jaune gravé.

124 — Petite Cage de Pendule, bronze Louis XVI.

125 — Deux Vases en métal incrusté, travail oriental.

126 — Petite Lampe juive en cuivre.

127 — Couteau à papier japonais.

128 — Six Pieds d'assiettes en bronze.

129 — Garniture de cheminée en marbre noir et bronze
de Oudin : Pendule et Candélabres.

SCULPTURES, LIVRES, OBJETS DIVERS

130 — Curieux Fragment de Haut-Relief en marbre
rehaussé d'or, représentant la Fuite en Égypte,
xvie siècle.

131 — Haut-Relief en ivoire, représentant la Vierge et
l'Enfant Jésus, xviie siècle.

132 — Statuette en marbre blanc, La Madeleine, par
Rinaldi.

133 — Buste de Tibère en marbre.

134 — Buste de petit Garçon en marbre, par Elisée.

135 — Buste de petite Fille en marbre, par Elisée.

136 — Deux Bas-Reliefs en plâtre : La Fuite en Égypte
et Saint Jean-Baptiste.

137 — Figurine de Chinois accroupi, en cristal de
roche.

138 — Presse-Papiers en pierre de Lare et un magot en
Chine.

139 — Grande Loupe en cristal de roche.

140 — Ancienne Bible avec gravures sur bois.

141 — Les Métamorphoses d'Ovide. — Recueil de
150 gravures par Melchior Kysell (1681).

142 — Lot de Fleurs brodées en soie, travail chinois.

143 — Deux paires de Cornes d'antilopes du Cap.

MEUBLES

144 — Grand Meuble à deux corps en bois sculpté; le
haut à deux vantaux vitrés; le bas formant
console avec fond décoré d'un bas-relief représentant le char de Neptune, XVIIe siècle.

145 — Meuble cabinet ancien en bois sculpté, décoré de
têtes et de figurines, sur console en chêne
sculpté, style Renaissance.

146 — Petit Meuble dressoir en bois sculpté à deux volets décorés de médaillons à figures et d'ornements.

147 — Deux Meubles à un vantail chacun, en marqueterie de cuivre garnis de bronzes dorés. Dessus
de marbre.

148 — Petite Table à ouvrage ovale en bois rose, style
Louis XVI.

149 — Table-Étagère bambou et bois sculpté.

150 — Quatre Panneaux chinois ornés d'incrustations
d'ivoire, nacre et bois sculpté.

151 — Meuble à quatre vantaux en bois de Tek avec
panneaux sculptés et marquetés. Travail de
Ning-Pô.

152 — Quatre petits Fauteuils chinois en bois de Tek.
décorés d'incrustations d'ivoire et bois gravé.

153 — Fauteuil chinois en bois sculpté avec coussin.

154 — Deux Chaises recouvertes en satin de Chine.
brodé or.

155 — Deux Supports d'applique en bois sculpté à figures d'enfants terminées en rinceaux.

156 — Petit Paravent à quatre volets en bois laqué garni
de tablettes mobiles formant étagères.

157 — Glace biseautée cadre en étoffe, style Oriental.

158 — Beau Coffre italien ancien en bois sculpté.

159 — Console en bois sculpté du temps de Louis XVI.

160 — Table à ouvrage acajou et cuivre, Louis XVI.

161 — Console Louis XVI en acajou, ornée de cuivre.

162 — Secrétaire Louis XVI en acajou, garni de cuivre.

163 — Grande et belle Armoire à trois portes à glaces biseautées et trois tiroirs en bois finement sculpté, laqué blanc et crème, relevé de filets d'or; fronton à cartouche et gerbe de laurier, ornée de quatre colonnes cannelées; style Louis XVI, intérieur garni et capitonné en étoffe bleue pâle.

164 — Grande Commode en bois sculpté s'ouvrant à cinq tiroirs avec un sixième tiroir de réserve offrant en bas-relief des arabesques feuillagées, au milieu un écusson et deux enfants portant une couronne; sur les côtés des figures d'enfants et des cariatides se détachant en ronde bosse. Le meuble est supporté par des griffes de lion. Commencement du xviie siècle.

165 — Table de salon en marqueterie de bois, ornée de bronze.

166 — Meuble de salon en palissandre et décoré de soie jaune, composé de : un Canapé, quatre Fauteuils et deux Chaises.

167 — Joli Coffret à bijoux en bois d'ébène orné de bronzes argentés, intérieur en marqueterie de bois, dessin à armoiries. Travail de Diehl. (Exposition universelle de 1867.)

168 — Baromètre avec cadre et fronton, de l'ingénieur Chevallier.

169 — Objets divers non catalogués : Meubles, Bronzes. Faïences, etc.

A. MAULDE et Cie, imprimeurs de la Compagnie des Commissaires-Priseurs, rue de Rivoli, 144.   200—480

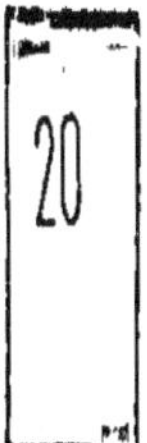

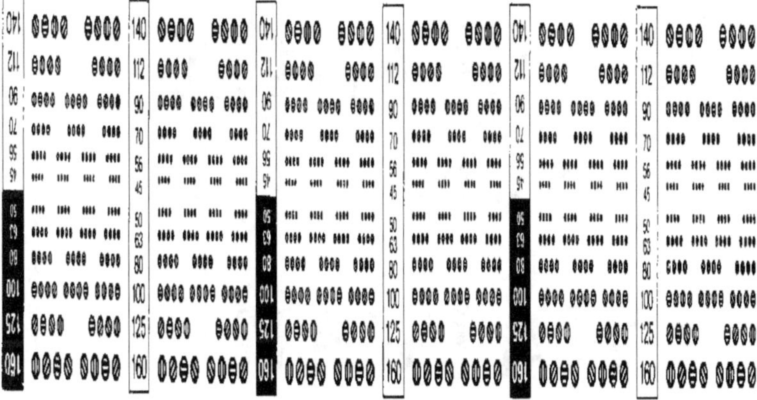

MIRE ISO N° 1
NF Z 43-007
AFNOR
Cedex 7 - 92080 PARIS-LA-DÉFENSE

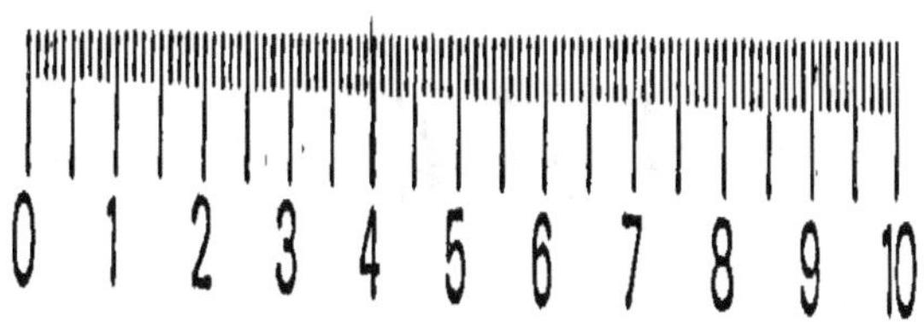

BIBLIOTHEQUE NATIONALE DE FRANCE

****

CHATEAU DE SABLE

1996